KB183476

.

한국 희곡 명작선 161

내가 날씨에 따라 변할 사람 같소?

한국 희곡 명작선 161

내가 날씨에 따라 변할 사람 같소?

이강백

평민사

이강백

내가 날씨에 따라 변할 사람 같소?

· 2024년 4월 2일(화)~ 4월 7일(일)
· 미마지아트센타 눈빛극장

등장인물

하숙집 여주인
아들
칠장이
땜장이
미장이
분장사
언니(줄타기 곡예 자매)
동생(줄타기 곡예 자매)
전당포 영감
퇴역장군
부인
처녀
신사
청년

장소

지방 작은 도시의 하숙집. 허름한 화물 창고였던 건물을 개조하여 만든 하숙집의 천정은 높고, 하숙인들이 공동으로 사용하는 거실 및 식당은 넓다. 제각각 모양 다른 의자들, 낡은 식탁보가 덮인 식탁, 플라스틱 원통 우산꽂이, 입식 옷걸대가 놓여있다. 무대 뒤쪽에 커다란 사각형 문틀이 세워져 있는데 정문이다. 문짝은 생략한다. 하숙집 방들은 좌우 양쪽 복도를 따라 들어간 곳에 있어서 객석에서는 보이지 않는다. 하숙인들은 왼쪽 방을, 나중에 들어오는 장군 가족은 오른쪽 방을 사용한다.
이 하숙집에 살고 있는 사람들은 속칭 밑바닥의 인생들이다. 그러나 그들은 쾌활한 사람들이다. 요즘 그들에게 불행이 있다면 날씨가 좋지 않다는 것이다. 며칠째 계속 비가 내리고 있다. 쏟아지는 빗소리, 번개가 치고 천둥이 요란하게 울린다.

제 1 막

저녁. 하숙집 여주인이 식탁에 앉아서 숙박 장부를 펴들고 시름에 잠겨있다. 그녀의 하나뿐인 아들은, 여기저기 바닥에 떨어지는 빗물을 긴 자루 달린 걸레로 닦아낸다. 미장이는 정문 옆 의자에 앉아 있다. 주루룩, 미장이의 머리 위에 빗물이 떨어진다. 그는 천정을 바라본다. 의자를 조금 옆으로 옮겨놓고 앉는다. 잠시 사이. 주루룩, 다시 머리 위로 빗물이 떨어진다. 미장이는 의자를 앞으로 옮겨 앉는다. 헐렁한 비옷을 입은 땜장이, 등장. 그는 잔뜩 성이 나서 하늘을 향해 두 팔을 벌리고 항의한다.

땜장이   하늘 참 무정하십니다! 요즘 장마철이지만, 매일 매일 계속해서 비를 쏟아 붓다니, 이건 너무 심한 거 아닙니까! 난 오늘도 빈손으로 돌아왔습니다! 온종일 빗속에서 일거리를 찾아다녔으나, 가마솥은커녕 냄비 하나 땜질을 못 했어요! 일은 없고 돈도 떨어졌는데, 나는 어찌 해야 합니까?

번개 치고 천둥소리 울린다.

땜장이 대답 좀 하십쇼, 대답을!

천둥소리가 크게 울린다.

미장이 그만하게. 자네 고함소리에 천둥이 더 크게 울려!
아들 귀가 먹먹해요!

땜장이, 비옷을 벗어 옷 걸대에 건다. 그는 여주인에게 다가간다.

땜장이 미안합니다. 밀린 하숙비를 내지 못해서….
여주인 걱정 마세요.
땜장이 우리 하숙집 식량은 걱정 안 해도 될까요? 다들 형편 어려워 못 내니까 불안하군요. 지금 얼마나 남았습니까? 설마 바닥난 건 아닐 테고, 며칠 먹을 만큼은 남아있겠지요?
미장이 내가 말해주지. 식량은 다 먹고 없네.
땜장이 정말인가…?
미장이 있는 걸 왜 없다고 하겠나? 오늘 저녁부터 우리는 굶게 되었네.
여주인 그래도 아직 남은 사람이 있어요. 그 사람 돌아와서 하숙비를 낸다면 우린 굶지 않아요.
땜장이 누굽니까, 그 사람은?

번개가 치고 천둥이 울린다.

땜장이   언제 돌아옵니까?

다시 번개가 치고 천둥 울린다.

여주인   마음 진정하고 기다리세요.
미장이   (자기 옆에 있는 의자를 가리키며) 여기 앉아서 조용히 기
         다리게. 자네가 조용해야 천둥소리도 조용해져.

땜장이, 미장이의 옆 의자에 앉는다. 천둥소리가 잠잠해진다.

여주인   비 많이 오는 날에는 그때가 생각나요. 그때도 많은
         비 내려 홍수가 났죠. 나는 지붕에 올라가서 누군가
         나를 살려주기만 기다렸어요. 비는 계속 쏟아지고…
         아무도 오지 않을 것 같았는데… 나룻배를 탄 남자
         가 나를 구해서 언덕으로 데려갔죠. 언덕 위에는 허
         름한 창고가 있었고, 창고에는 나룻배 남자가 구해
         낸 사람들이 모여 있더군요. 홍수가 끝난 후, 집 있는
         사람들은 떠났지만, 집 없는 사람들은 창고에 머물
         렀어요. 나룻배 남자와 나는 창고를 고쳐서 하숙집
         을 차렸고, 결혼을 해서 아들을 낳았답니다.
아들   (관객들에게) 바로 저예요. 어머니는 제가 아버지를 닮

았다고 하시는데, 잘 생겼다 그런 뜻입니다.

여주인 세월이 유수 같군요. 나룻배 남편은 저 세상 가고, 옛
사람들도 떠났지만, 새로 오는 사람들이 머문 이곳
은 언제나 변함없는 하숙집이죠.

땜장이 누가 언제 오는지 모르고 기다리기가 답답하군. 자
넨 아는가?

미장이 글쎄… 셈을 해보세. 나는 아예 나가지 않았고, 복도
끝방 색시들도 집에만 있었네. 나간 사람은 칠장이
와 분장사 둘인데, 칠장이는 일찍 돌아왔지. 그럼 마
지막 단 한 명, 돌아올 사람은….

칠장이, 미장이의 말이 끝나기 전에 빗물이 가득 담긴 양철통
을 들고 등장한다.

칠장이 내 방 천정에 큼직한 구멍이 뚫렸어!

미장이 그래?

칠장이 엄청난 폭포가 쏟아지는 중이지!

칠장이, 빗물 담긴 양철통을 정문 밖으로 쏟아붓는다. 그러자
마침 집 안으로 들어오던 분장사가 온몸에 빗물을 맞는다. 그
는 양손에 분장 도구 상자와 소품 가방을 들고 있다.

분장사 괜찮네. 난 이미 흠뻑 젖어있었거든!

칠장이	이건 내 잘못이 아니야, 비 때문이지!
여주인	조심해요, 들어올 때는.
분장사	네. 우리 하숙집은 높은 곳에 있어서 다행입니다. 지금 시내 저지대는 완전히 물에 잠겼어요. 우체국, 여관, 상점들, 그리고 극장도 물로 가득 찼습니다. 절망한 극장장은 탄식하며 말했지요. 이젠 수족관이 됐으니 연극 대신 돌고래 쇼나 해야겠다… 배우들이 모두 서둘러 떠났고, 나 역시 급하게 분장 도구와 소품 몇 개 챙겨 나왔습니다.
미장이	여보게, 자넨 오늘 해고당했군. 퇴직금은 받았는가?
땜장이	받았거든 어서 하숙비 내게!
분장사	극장이 물에 잠겼는데 무슨 돈을 받았겠나….
땜장이	(두 팔을 벌리고 하늘을 향해 외친다) 정말 무정하십니다! 마지막 기대를 걸었던 사람마저 목이 잘리고 빈손으로 돌아오다니!
분장사	(호주머니에서 담뱃갑을 꺼내 땜장이에게 주며) 이거 하나 남은 담배인데 자네 줌세. 하지만, 혹시 불이 붙지 않더라도 내 원망은 말게.
땜장이	(담뱃갑을 받아 그 속을 들여다보더니) 물에 젖어 녹아 버렸군.
분장사	연기로 사라지거나 물로 녹아 버리거나 결과는 마찬가지, 우리는 이 공평한 결과를 너그럽게 받아들이세.
아들	(분장사에게) 그런데 저어… 해몽할 줄 아세요?

분장사 꿈풀이 말인가?

아들 네. 요즘… 꿈이 이상해요.

분장사 뭔데?

아들 비 오는 날 지붕 위에서 벼락 맞는 꿈이죠.

분장사 지붕 위에서 벼락을?

아들 그렇다니까요. 머리가 어질어질, 가슴은 두근두근, 다리는 후들후들….

분장사 (어깨를 툭툭 치며) 허허, 어린 친구. 뭔가 좋은 징조 같군!

칠장이, 정문 앞에 놓인 양철통을 들고 오려다가 소스라치게 놀라 뒷걸음친다.

칠장이 숨게! 어서들 빨리 숨어!

전당포영감 (밖에서 목소리) 내 돈 갚아라!

칠장이 전당포 영감이 오고 있어!

미장이 도구를 몽땅 전당 잡혔지, 그 영감에게!

땜장사 나는 담요에 외투까지 합해서!

전당포 영감, 위압감을 주며 등장한다.

전당포영감 내 돈 갚게! 여봐 땜장이, 어떻게 됐나? 미장이, 칠장이, 또 광대도 못 되는 자네는? 지금 얼마인 줄 아나? 원금에 이자가 붙고, 그 이자에 또 이자가 붙어 그 이자에….

여주인 또 이자가 붙겠군요.

전당포영감 그렇지. 배꼽이 배보다 자꾸만 커지는데 왜 갚을 생각을 안 해?

여주인 그런 엄청난 이자를 붙이다니, 영감도 사람이요?

전당포영감 아주머니가 그러니까 이 사람들이 뻔뻔해진단 말이요! 비 오는 하늘이나 멀거니 쳐다보고 앉아서, 내 물건들은 전당포 영감이 잘 보관해 주고 있으니 근심 걱정할 것 없다 그런 심뽀인데… 내 돈은 가만있는 줄 아나? 자네들이 게으를수록 내 돈은 부지런히 새끼를 친다네! 이자에다 또 이자, 그 이자에도 또 이자… 내 돈 갚게, 어서들!

복도 끝방 쪽에서 두 자매가 나온다. 줄타기 곡예를 할 때 균형을 잡는 예쁘장한 오색 양산을 펴들고 나온다.

언니 안녕하세요, 영감님.

전당포영감 뭐야, 색시들은?

언니 (줄타기 곡예를 하는 시늉을 한다) 잘 아시잖아요, 거리에서….

전당포영감 그래. 비가 오니까 이젠 그 짓도 못 하고 있겠군?

언니 (애원하듯) 영감님, 제 동생을 보세요. 곧 아기를 낳게 된답니다. 그렇지만 우린 한 푼도 없고요… (오색 양산을 내놓으며) 이걸 잡고, 얼마 좀 빌려주겠어요?

전당포영감 날 똑바로 봐. 난 전당포 영감이지 자선 사업가가 아
냐! 이 사정 저 사정 다 봐주면서, 이리저리 퍼주다
간 내가 무슨 꼴이 될 것 같나? 모든 재산 다 나눠주
고, 결국 나도 자네들과 똑같은 꼴이 되고 말겠지. 한
푼 없는 빈털터리! 그럼 누가 자네들한테 돈을 빌려
주지? 비록 이자를 몽땅 받아내긴 하지만, 그래도 나
같은 인간이 한 명쯤은 있어야 하는 거라네. 이게 나
의 인생철학이지. (정문 밖으로 나가며) 잊지 말게, 내 돈!
어서 내 돈 갚게!

전당포영감, 퇴장한다.

동생 (눈물이 글썽해져서 끝방 쪽으로 가며) 괜히 저런 영감에게
사정을 했군요, 언니.
언니 (동생 뒤를 따라간다) 해 놓고 보니 그렇구나.
칠장이 참 한심하군. 천정에선 빗물이 쏟아지고….
땜장이 먹을 건 없고….
미장이 저 영감 때문에 기분마저 잡쳤네.

하숙인들, 우울한 표정으로 침묵한다.

칠장이 자넨 뭘 하고 있나, 아무 말도 없이?

분장사 생각 중이네.

칠장이 생각하면 뭘 해, 이런 판에….

분장사 이럴수록 생각은 해야 하는 거지. 비록 불행할 때에
도 누군가가 희망을 생각하고 있다면, 모두들 너무
걱정할 건 없네.

미장이 그래? 당장 그 생각이라는 걸로 따뜻한 죽 한 그릇
끓여 주게.

분장사 자넨 너무 겸손하군. 희망이란 겨우 죽 한 그릇뿐인
가? 희망은 모든 걸 다 채워 줄 만큼 풍요로운 거라
네. 아무도 믿지 않는군. (아들에게) 믿겠나, 어린 친구?

아들 (고개를 끄덕인다) 나는 믿어요.

분장사 믿어 주게, 자네들도. 오늘 저녁 모두 굶지 않고 배부
르게 먹을 수가 있네.

분장사, 분장 도구 상자와 소품 가방을 들고 미장이에게 다가
간다. 그는 상자를 열어서 검정색 아이섀도우를 꺼내 미장이의
눈썹이 짙게 보이도록 칠한다. 그리고 소품 가방에서 콧수염을
꺼내 미장이의 얼굴에 붙이고, 금술 달린 호텔 급사 모자를 꺼
내 머리에 씌워 준다.

미장이 이게 뭔가?

분장사 이제 자네는 최고급 호텔의 급사야. 즉시 정거장으
로 달려가게. 그리고 기차에서 내리는 사람들 중에

서 가장 돈 많아 보이는 손님을 호텔로 모셔 오게.

미장이 미쳤나? 호텔은 어디 있고, 손님은 또 어디 있어?

분장사 바로 이곳이 호텔이지.

미장이 여보게, 여긴 싸구려 하숙집이야. 그건 자네도 함께 살고 있으니까 잘 알 텐데.

분장사 모두들 듣게. 내 생각을 말해줌세. 우선 자네가 호텔 찾는 부자 숙박객들을 이곳으로 데려오는 거지. 물론 몇 가지 준비는 더해야겠지만, 그건 나한테 맡겨 주게. 아무튼 그 부자들을 데려오면 숙박비를 받을 테고, 우리는 그 돈으로 비가 올 동안엔 함께 먹고 지낼 수 있네.

여주인 좋아요. 가만히 앉아서 굶는 것보단 뭐든지 하는 게 낫잖아요.

분장사 (망설이는 미장이의 등을 밀며) 자, 어서 가게!

미장이 뭔가 눈에 확 띄는 것이 있으면 좋겠는데….

칠장이 내가 좋은 걸 빌려다 주지. (끝방 쪽으로 가며) 여보시오, 끝방 색시들!

땜장이 맞아! 그 색시들, 오색 양산 가졌어!

칠장이 (끝방 쪽에서 되돌아오며) 훌쩍훌쩍 우는 소리만 들리더군.

분장사 (미장이에게) 자네가 직접 가서 이렇게 말해. (방문을 두드리는 시늉을 하며 허리를 굽히고서) 어디 불편한 점은 없으십니까, 저희 호텔에서? 혹시, 저 지붕에서 떨어지는 빗물 때문에 속이 상해서 우시는 건 아닌지요? 하지만 날씨만 맑아 보십쇼. 저희 호텔도 지붕 하나는 멀쩡하다는 걸 보장합니다. (줄타기 곡예의 균형 잡는 시늉을 하며) 그 오색 양산 좀 빌려주시겠습니까? 충직한 급사인 저는, 지금 쏟아지는 빗속으로 달려가 부자 손님들을 모셔 와야 합니다.

미장이, 끝방 쪽으로 갔다가 오색 양산을 들고 나온다.

미장이 그럼 여러분, 나는 부자 손님을 꼭 붙들어 오고야 말겠습니다. 뒷일은 모두 여러분에게!

미장이, 오색 양산을 펴들고 정문 밖으로 나간다.

칠장이 색시들, 방에만 있지 말고 이리 좀 나오슈.
땜장이 하늘 울고 사람 울고. 이거 너무 축축해지잖소.

줄 타는 자매들, 등장한다.

아들 (의자 둘을 나란히 놓아주며) 앉으세요.
분장사 뭔가 말 못 할 사정이 있군요?
자매들 (한숨을 쉬며 고개를 끄덕인다)
땜장이 배고프다는, 뭐 그런 거겠지.
칠장이 아냐, 더 깊은 고민 같아.

분장사 유감이지만, 우리는 지금 상당히 바쁩니다. 그래서 무슨 사정인지 자세하게는 못 듣겠지만… 한마디로 뭡니까, 요약해서 말하자면?

언니 (동생의 불룩한 배를 가리키면서) 사랑 때문이에요.

칠장이 그것 보게. 사랑이란 배고픔과는 질적으로 다른 고민이지.

땜장이 천만에. 사랑도 배가 불러야 한다는 건 뻔한 이치라네!

언니 맞아요. 내 동생이 사랑하다가 임신했어요.

동생 언니, 말하지 마세요.

언니 해선 안 될 것도 없잖니?

동생 하지만 그분 명예를 지켜드리고 싶어요.

언니 넌 오직 그 남자 편이구나!

분장사 아, 대강은 짐작하겠습니다. 그러니까 어떤 남자와 사랑했는데, 이제 와선 그 남자 마음이 달라졌다, 그거군요.

언니 네. 몇 번이나 그 남자 꾐에 넘어가지 말라 주의를 줬는데도요.

분장사 너무 상심하지 말아요. 한번 달라진 마음은 언젠가는 또다시 달라지기 마련입니다.

땜장이 누구요, 그 남자가?

칠장이 우리가 혼내 주겠소!

동생 죽으면 죽었지, 난 그분이 누구인지는 말 안 하겠어요.

언니   이렇다니까요, 글쎄. 너, 아기는 혼자 낳아서 기를
        거니?

        동생, 입을 꼭 다물고 침묵. 분장사, 칠장이와 땜장이에게 말
        한다.

분장사   자네들은 어서 급히 호텔 간판을 만들어 주게!
칠장이   호텔…?
땜장이   도대체 무슨 소린지 모르겠군.
분장사   나중에 알게 돼. 지금은 어서 만들게나!
칠장이   (땜장이에게) 내 방으로 가세. 재료가 좀 있어.

        칠장이와 땜장이, 퇴장한다. 분장사, 자매에게 말한다.

분장사   두 분께 협조를 부탁합니다. 저어, 언니는 스페인 주
        재 대사 부인이 되어 주십시오.
언니   스페인… 뭐라구요?
분장사   스페인에 있는 우리나라 대사의 부인입니다.
언니   제가요? 저는 거리에서 줄 타는 여자예요.
분장사   비가 올 때도 그런가요? 비가 그쳐야 당신은 곡예사
        로 돌아갑니다. 비 오는 동안은 무엇이든 마음대로
        될 수 있어요. 당신이 바라는 것 그것이 무엇이든지.
        대사께선 정무에 바빠 스페인에 계시고, 부인께선

이곳에 개인 사정 때문에 와 계신 겁니다. (언니의 얼굴을 조금 이국적으로 보이도록 분장하고 빨강 헝겊 꽃을 머리에 꽂아주며) 혹시 스페인어를 할 줄 아십니까?

언니 몰라요, 전혀.

동생 난 한마디 알아요. 그라시아스, 감사하다는 말이죠.

분장사 좋습니다. 그라시아스! 대사 부인께선 황소 이야기만 하십쇼. 스페인에서는 황소가 사람만 보면 덤벼들어 싸움을 걸더라구요.

언니 (그 말을 명심해서 외워두려는 듯) 그라시아스! 황소가 사람만 보면 싸움을 건다.

동생 나한테는 뭐 맡길 게 없나요?

분장사 왜 있지요. (분장 도구 상자에서 하얀색 분을 꺼내 동생 뺨에 바르며) 창백한 얼굴로 호텔 창가에 앉아 마음 변한 남자를 그리워하는 겁니다. 낭만적인, 뭐랄까… 최고급 호텔엔 그런 우아한 분위기가 필요합니다.

칠장이와 땜장이, '행복호텔' 간판을 들고 나온다.

칠장이 급히 만들어서 엉성해.

땜장이 행복호텔, 이름은 내가 지었어.

아들 아주 멋진데요!

땜장이 이걸 어디에 거는 거야?

분장사 (정문 위쪽을 가리키며) 저기 정문 위에.

칠장이 간판이란 건물 밖에 거는 것 아닌가?

분장사 비 올 땐 안쪽에 걸어도 돼.

아들 내가 사다리를 가져오죠.

아들, 복도 안에 있던 삼각 사다리를 가져온다. 칠장이와 땜장이는 사다리로 올라가 정문 위에 간판을 걸어 놓는다.

땜장이 무슨 꿍꿍이 수작인지는 모르지만 말야, 지금 제정신이 아냐!

칠장이, 땜장이, 간판을 걸고 사다리에서 내려온다. 칠장이가 분장사의 이마를 손으로 짚어본다.

칠장이 그래. 이 친구는 확실히 중병에 걸렸어.

분장사 정말 확실한가, 자네 진찰이?

칠장이 그렇다니까!

분장사 좋아. 자네를 의사 시켜줌세. (소품 가방에서 흰 가운과 청진기를 꺼내 준다) 잘해 보게.

땜장이 도대체 이게 무슨 지랄인가!

분장사 자넨 점잖기는 틀렸군. (소품 가방에서 한쪽 눈을 가리는 검은 안대를 꺼내주며) 어떤가, 못된 짓을 해보는 것이? 손님들이 이 호텔에 도착하는 즉시 다리를 걸어 넘어뜨리게.

땜장이　나더러 그런 짓을 하란 말인가?

분장사　꼭 좀 해주게, 제발.

땜장이　원, 자네 부탁이 정녕 그렇다면!

분장사　(칠장이에게) 그럼 의사 선생, 선생이 하실 일은 더 말 안 해도 알겠지? 손님 다리가 부러졌다고 하게. 결국 그들은 이 호텔에서 유숙하게 될 거네. 치료비도, 가능하다면 많이 받아내고. 알겠나?

아들　(사다리를 들고 정문 밖으로 나가며) 난 지붕 위에 올라가 손님들이 묵을 방 비 새는 곳을 고쳐야겠어요.

여주인　(분장사에게 염려스러운 표정으로) 모든 것이 잘 될까요?

분장사　아주머니는 언제나 우리 잠잘 곳과 먹을 것을 보살펴 주셨지요. 정말 감사하지 않을 수 없습니다. 잘 듣게, 자네들. 자네들에게 맡겨진 역할을 충실히 하게. 그래서 손님들이 우리와 함께 지내는 동안, 기쁨과 즐거움이 넘치도록 해주게.

언니　그라시아스! 황소가 사람만 보면 싸움을 걸죠!

동생　(웃음을 터뜨린다)

언니　쉿, 넌 웃으면 안 돼!

아들　(지붕 위에서 커다랗게 부르짖는다) 저기, 오고 있어요!

땜장이　(달려 나가 부딪칠 자세를 취하며) 어디 들어만 오너라!

칠장이　나는? 이 의사는 어디 있어야 하지?

분장사　자넨 저 복도 안에 숨어서 기다리고 있게.

정문 밖에서 실랑이가 벌어진다. 미장이, 손님의 여행 가방 손잡이를 한사코 붙들어 쥔 채 들어온다. 그 뒤를 따라 퇴역 장군, 부인, 그들의 딸인 처녀가 우산을 들고 등장한다.

미장이 드디어 손님들께서는 지상 최고의 호텔에 도착하셨습니다!

장군 도착한 건가, 끌려온 거지!

미장이 (큰소리로) 여봐, 뭣들 하고 있어?

장군 (집 안을 둘러보더니 성난 얼굴로) 여긴 자네 설명하곤 다르지 않나?

미장이 제가 뭐라고 말씀드렸는데요?

장군 그 가방 이리 내놓게!

부인 여보, 이 애 좀 봐요. 무서운지 떨고 있어요. (처녀를 꼭 껴안으며) 얘, 떨 것까진 없다. 너희 아빠가 장군이시잖니!

미장이 장군? 장군이십니까? 정말?

장군 (겁을 먹는 미장이로부터 가방을 빼앗아 들고) 자, 나가지!

분장사 (땜장이에게) 자네, 뭘 망설이고 있나?

땜장이 저쪽이… 장군이라는데?

땜장이, 한쪽 눈에 검은 안대를 하고 용기 내 고함을 지르며 돌진한다. 뒤돌아 가려던 장군이 땜장이에게 부딪혀 넘어진다. 부인과 처녀가 비명을 지른다. 땜장이는 더 고래고래 고함을

지른다. 미장이, 모든 것이 틀려버렸다고 여겨 복도 쪽으로 도
망을 친다. 칠장이가 불쑥 나온다. 그는 도망치는 미장이를 붙
잡는다는 것이 얼굴에 붙은 콧수염을 뜯게 된다.

분장사 (쓰러진 퇴역 장군 곁에서) 의사를 불러와요!

칠장이 이미 왔습니다. (손에 있는 콧수염을 처리할 데가 없어서 당
황 중에 얼른 자기 얼굴에 붙이며) 환자는 어디 있습니까?
(청진기로 장군을 진찰하더니) 안 됐군요, 왼쪽 다리가 부
러졌습니다!

장군 내 다리가?

칠장이 아, 꼼짝 말고 누워 계십쇼. 이봐, 급사! 이 호텔에는
급사도 없나?

미장이 (숨었던 복도에서 나오며) 넷. 이 호텔에는 수염 달린 급
사와 수염 안 달린 급사 둘이 있습니다.

칠장이 붕대를 가져오게.

미장이 붕대는 없고… 수건은 있는데요.

칠장이 그거라도 가져오게!

미장이 (퇴장하며) 넷. 수염 안 달린 급사, 얼른 가져 오겠습
니다!

칠장이 절대 안정하십쇼. 움직여서는 안 됩니다! (여전히 고함
을 질러대는 땜장이에게) 당신은 뭐요?

땜장이 부딪친 저쪽의 이쪽이요.

칠장이 그럼 당신도 환자겠군. 어서 병원으로 뛰어가 치료

를 받으쇼.

땜장이　고맙소, 선생!

땜장이는 오색 양산을 펼쳐 들고 정문 밖으로 나간다. 미장이, 등장한다.

미장이　수건은 서너 장 넉넉하게, 고무줄도 필요한 것 같아 가져왔습니다.

칠장이　잘했네! (수건으로 장군의 왼쪽 다리를 둘둘 감고 고무줄로 묶는다) 내 말을 명심하십쇼. 당신 같은 용맹한 사람일수록 의사가 하는 말을 우습게 여기거든. 그러나 이번에 그러셨다가는 큰일납니다. 목숨, 유일한 목숨마저 잃고 말 테니. 아셨소?

장군　뭐요? (벌떡 일어나서 다친 다리를 높이 들고) 이것 때문에 죽기까지 한단 말이요?

칠장이　(대답할 말문이 막혀서 얼른 분장사를 끌어당겨 장군에게 내세우며) 전혀 의사 말이라면 믿지를 않는군. 선생이 좀 알아듣게 설명하시오.

분장사　날씨 탓입니다, 장군님.

장군　날씨 탓이라니?

분장사　네. 보십쇼, 온갖 사물들을. 이런 비 오는 날엔 멀쩡한 것들도 곰팡이가 피고, 아무리 단단한 쇳덩이도 푸석푸석 녹이 습니다. 이런 날씨에 장군의 그 다치

신 다리가 결코 아무 영향도 받지 않으리라고 생각
하신다면… (비통한 표정이 되며) 아, 그건 크나큰 오해
십니다!

칠장이   (따라서 비통하게) 아, 그건 엄청난 오해십니다!

분장사   (장군의 부인에게) 하지만 장군께선 운이 좋으시군요.
이 호텔엔 건강회복에 매우 효과적인 냉천이 솟아나
고 있습니다.

부인   냉천?

칠장이   냉천이 무엇인지 잘 좀 설명하시오.

분장사   냉천이란, 그건 온천하곤 달리 차가운 물입지요. 위
대한 장군이시라면 가장 기본적인 지질학적 교양으
로 알고 계시리라 믿습니다만, 사실 전세계적으로
냉천이 솟아나는 곳은 몇 군데 안 됩니다. 알래스카
하고 고비사막, 그리고 바로 이 지방인데요, 그중에
서 가장 유명한 곳이, 여기 호텔에 있는 냉천입니다.
(미장이에게) 이봐 급사, 그 물을 좀 떠 오게. 하루에 서
너 차례씩, 그 냉천 물에 다치신 다리를 찜질하시면
곧 낫게 됩니다. (언니를 가리키며 중요한 사실을 일러준다
는 듯이) 저쪽을 보십쇼. 장군과 마찬가지로 부상당한
분이 계십니다. 고귀하신 스페인 주재 대사 부인이
신데, 치료차 이 호텔에 묵고 계시지요. 황소가 사람
만 보면 싸움을 걸어서 크게 다쳤습니다만, 이곳에
서 냉천 치료를 하신 후 말끔히 완치되어 가는 중입

26

니다.

언니   (장군 가족에게 미소 짓고 다가오며) 그라시아스! 이곳에 머물러 계신다면 서로 위안이 될 것 같군요!

장군   (태도가 완연히 달라지며) 그렇다면….

분장사   인사하십시오. 이 호텔의 여주인이십니다.

여주인   모시게 되어 영광입니다, 장군님.

장군   잘 부탁드리겠소. (아내와 딸을 소개하며) 이쪽은 내 안사람, 그리고 우리 딸이요.

여주인   반갑습니다.

부인   냉천이 있다니까 다행이군요.

미장이   (양철통에 고인 빗물을 들고 온다) 냉천 물을 가져왔습니다.

여주인   (숙박 장부에 기재하며) 장군님, 숙박비를 주실까요? 그리고 거기에 냉천 사용료를 따로 더 내셔야 합니다.

장군   알겠소. 그런데 수염 달린 급사는 어디 간 거요?

여주인   글쎄요. 어디 갔을까… (미장이에게) 손님들을 방으로 모셔다 드려요.

미장이   (장군을 부축하며) 아이구, 무거워! 의사 선생, 수고롭지만 좀 도와주시오!

칠장이   기꺼이 도와줌세. (미장이와 함께 장군을 부축한다) 장군님, 치료비도 선불입니다.

장군 가족, 오른쪽 방으로 퇴장한다. 땜장이가 정문에서 오색 양산을 펴고 들어온다.

땜장이 어떻게 됐습니까?

여주인 비 오는 동안 먹을 것은 해결됐죠!

땜장이 만세! (분장사의 어깨를 두드리며) 우리가 해냈군!

아들, 정문에서 비틀거리며 들어온다.

여주인 애야, 너 왜 그러냐?

아들 어머니… 난 지붕 위에서 벼락을 맞았어요!

여주인 벼락을…?

아들 하늘이 번쩍… 예쁜 아가씨가 우리 집으로 들어왔죠!

아들, 이리저리 비틀거리며 장애물에 부딪힌다.

아들 머리가 어질어질… 가슴은 두근두근… 다리는 후들
후들….

여주인 조심해라, 조심해!

무대 조명, 암전한다.

제 2 막

계속 내리는 비, 하숙집 여주인과 장군의 부인이 식탁 의자에 앉아 이야기를 나누고 있다.

부인   우리 남편은 별 셋, 쓰리 스타 장군이에요. 지금은 퇴역하셨지만 현역일 때는 보병부대, 탱크부대, 대포부대를 모두 지휘하는 야전군 총사령관이었죠. 우리 남편의 이름은 역사에 길이 남아 빛날 거예요.

여주인   아, 그렇군요.

부인   내 이야기, 여자답지 않나요? 오랫동안 장군 남편을 모시고 살자니까, 보고 듣고 하는 게 모두 다 군대에 관한 것뿐이죠.

여주인   난 군대 갔던 남자들만 즐겨 군대 얘기를 하는 줄 알았어요. 그런데 부인께서도 재미있게 하시는군요.

부인   우리 딸은 늘 이렇게 말한답니다. "어머니, 난 어머니 곁에만 있으면 아무것도 무섭지 않아요." 사실 난 억센 여자예요. 내가 완전무장한 군인처럼 집안에 턱 버티고 있으니까, 내 딸은 안심하고 곱디곱게 자랄 수 있었죠. 한 가지 섭섭한 게 있다면, 이젠 그 애를 결혼시켜서 떠나보내야 한다는 거죠.

여주인 (놀란 표정으로) 네? 따님 결혼이라니요?

부인 그 결혼 때문에 남편이 우리 가족을 몽땅 이끌고 이 낯선 곳까지 온 거에요. 억수 같은 비나 그치거든 가자고 말했지만, 남편 고집이 탱크 고집이에요. 그걸 뭐라더라… 피로써 맺은 언약이라던가, 예전 총각 시절, 전쟁터에서 전우끼리 맺은 언약인데요, 서로 아이들이 태어나면 사돈 삼자는 그런 약속을 했다는군요. 그래서 우리는 딸과 결혼할 사람 얼굴 한번 못 보고 여기로 온 거에요.

여주인 부럽군요. (한숨을 쉬며) 태어나기 전부터 그런 인연이 있었다면요, 그저 지붕 위에서 번갯불에 얼핏 본 순간은 비교할 수도 없겠네요.

미장이, 이맛살을 잔뜩 찌푸린 표정을 하고 퇴역 장군 방 쪽에서 편지 한 장을 들고 나온다.

미장이 저어, 수염 달린 급사 못 보셨습니까?

부인 아, 그 맘뽀 고약한….

미장이 보셨어요? 못 보셨어요?

부인 (팔을 걷어 부치며) 내가 봤으면 그냥 놔둘까!

미장이 고정하십쇼. 장군께서 편지 심부름을 시키셨는데, 이건 엄밀히 말해서 제 담당이 아니고 그 수염 달린 급

사가 할 일이거든요. 더구나 내용이… 아무튼 슬쩍
내용을 보니까 제 맘에 안 들어요. 그래, 어떤 빌어먹
을 남자더러 이 편지 받는 대로 당장에 와서 아가씨
하고 결혼을 하라, 그게 말이나 됩니까?

부인   (성이 나서) 취소해요! 취소하지 못하겠어요!

미장이   취소해야죠? 이 편지 취소해 버릴까요?

부인   빌어먹을 남자라니, 그딴 말을 감히 어떻게 하지!

미장이   죄송합니다. 아가씨께서 애타게 찾고 있던 데요?

부인   아, 내 딸…. (처녀 방 쪽으로 퇴장한다)

미장이   우리 어린 친구는 어때요?

여주인   (한숨을 쉬며) 내가 가서 좀 진정시켜야겠어요.

여주인, 아들 방 쪽으로 퇴장. 미장이는 편지를 식탁 위에 내던
지고 의자에 걸터앉는다. 땜장이와 칠장이가 등장한다.

땜장이   자네, 그 수염 좀 빌려주게.

칠장이   안 돼.

땜장이   자네 의사할 때 되돌려 줌세. (칠장이의 수염을 떼 내어
자기 얼굴에 붙이며) 어때? 장군이 날 보더라도 설마 내
가 다릴 걸어 넘어뜨린 장본인일 줄이야 모르겠지?

칠장이   장군 다리는 멀쩡하네.

땜장이   가짜 의사치곤 제법 양심적인 소릴 하는군.

미장이   (답답하다는 듯 식탁을 주먹으로 내려치며) 조용히 좀 하게,

자네들!

땜장이 왜 그래? 그런 심각한 얼굴을 하고선.

미장이 양심이 괴롭지도 않은가, 자네들은? 상사병 걸린 어린 친구를 이대로 그냥 두었다간 죽게 될지도 몰라. 그런데 그 앨 살려내자니 장군 가족들을 내보내야 하고, 내보내자니 우리가 당장 굶게 될 테고, 이러지도 저러지도 못하겠는데, 그 앤 마냥 그리워하고만 있으니….

칠장이 하필 이런 때 그럴 게 뭐지?

땜장이 날씨 탓일세. 비 오는 날 지붕 위에 올라가는 총각들은 조심해야지. 잘못했다간 벼락치곤 가장 고약한 사랑 벼락에 맞는다고… 그건 약도 없어, 안 그런가?

미장이 에라, 모르겠다! (벌떡 일어나 편지를 움켜잡더니 아들 방으로 달려가며) 죽어가는 사람한테나 갖다 줘야지!

땜장이 저 친구, 왜 저래?

칠장이 글쎄. 본인도 모르겠다고 하는데 우리야 알 리 없지.

땜장이와 칠장이, 나란히 의자에 앉는다.

칠장이 이게 다 누구 책임인가?

땜장이 책임이야… 날씨 탓일세.

땜장이와 칠장이, 생각에 잠긴다.

칠장이   여보게, 사람이란 참 이상하지? 굶고 지낼 땐 먹는 것 생각뿐이더니, 이젠 먹고 지낼만하니까 제법 다른 것도 생각하고….

땜장이   그건 그래.

칠장이   자네도 그런가?

땜장이   물론이지.

칠장이   나도 누군가를 사랑해 보고 싶단 말이야….

땜장이   나도 그래….

칠장이   날씨 탓이군.

땜장이   날씨 탓이야.

땜장이, 칠장이, 각기 자기의 발등을 내려다보며 깊은 생각에 잠긴다. 정문에서 한 청년이 우산을 들고 들어온다. 잘생긴 용모와 맵시 있게 차려입은 청년이다. 사방을 경계하듯 둘러보더니 생각에 잠겨있는 두 사람에게 다가온다.

청년   말씀 좀 물어볼까요?

칠장이   (청년을 바라본다) 뭐요….?

청년   아, 미안합니다만… (칠장이의 귀에 나직하게 말하고 나서) 어느 방인가요?

칠장이   (청년을 위아래로 훑어보더니 자매의 방 쪽으로 가리키며) 저기 복도 끝에 있는 방이요.

청년   (자신의 코를 잡고 얼굴을 찡그린다) 여긴 곰팡내가 지독하군요.

땜장이 비가 오면 곰팡내 나는 건 당연한 거지.

칠장이 젊은 양반, 양심에 곰팡이가 슬어보쇼. 그거 좀처럼 사라질까 몰라….

땜장이 (골방 쪽을 바라보며) 마침 저기 나오는군.

칠장이 우린 자릴 비켜주고, 벼락 맞은 어린 친구나 보러 가세.

두 사람은 아들 방으로 퇴장한다.

동생 안녕하세요.

청년 (분개한 듯) 그런데, 저 사람들이….

동생 (의자에 앉는다) 여기까지 오시다니, 정말 고마워요.

청년 웬만큼 용기를 내지 않고서는 올 수가 있었겠어? 저 런 형편없는 사람들이 우글대지 않나, 사방에서는 곰팡이 냄새가 코를 찌르지 않나… (동생의 앞을 왔다 갔다 거닐며) 여하튼 끝내야지. 우린 더 이상 서로를 붙 들고 있을 까닭이 없잖아?

동생 (침묵)

청년 물론 우리 사랑하던 때가 있었지. 그땐 아름다웠었 고….

동생 (침묵)

청년 여기 오기 전, 난 많은 생각을 해봤어. 우리가 그때처럼 될 수 없다는 게 분명해진 이상, 마음 아프겠지만 우린 조용히 헤어져야 해. 당신하고 나하고는… 우리 아버지는 틀림없이 반대하실 거야. 아버진 엄격하시고, 신분을 중히 여기셔. 평생 강직한 군인으로만 지내셔서 전혀 여지가 없는 분이거든.

동생 우릴 허락해 주시길 아버님께 말씀이나 해 보셨어요?

청년 해보나 마나라니까!

동생 해보셔야죠, 단 한번이라도.

청년 당신은 지금 사정을 몰라서 그래. 난 곧 결혼해야 해. 결혼하도록 명령을 받았단 말이야. 난 아버지한테 저항할 도리가 없어! 하라면 할 수밖엔 없다구! (무릎을 꿇고 동생의 손을 잡으며 애원한다) 사랑해! 내가 영원히 사랑하는 사람이 있다면 그건 당신뿐일 거야. 그렇지만 결혼은 안 돼! (두툼한 지갑을 꺼내 손에 쥐어주며) 이거 받아. 아버지 몰래 내 물건들을 전당포에 잡힌 돈이야. 그럼 알잖아, 얼마나 당신을 사랑했으면 그런 데까지 들락거렸겠어? 나도 자존심이 있고, 전당포의 그 엄청난 이자는 너무 지독하더군!

동생 (지갑을 되돌려 주며) 당신을 사랑해요.

청년 도대체 왜 이러지?

동생 당신을 사랑하는데 이런 돈 어떻게 받을 수 있겠어요? 전당포에 가서서 물건을 되찾으세요.

청년 지금 받아 두는 게 당신에겐 이로울 텐데? 전당포 영

감이 그러던데 당신 해산 날 가까웠다고 돈 빌려달
라 애원했다며? 당신하곤 말이 통하지 않아. 당신의
언니는 어디 있어? 언니는 그래도 당신보다 세상물
정을 더 잘 알고 있겠지!

퇴역 장군 방 쪽에서 장군의 가족과 언니가 등장한다. 부인이
장군을 부축해서 나온다.

부인 (자기의 힘을 자랑하며) 나를 좀 봐요! 혼자서 부축하고
나왔죠!

장군 대단하군, 대단해! (언니에게) 이런 여장부 봤오?

언니 아뇨. 스페인을 다 뒤져도 아마 없을 거예요.

장군 그야 그렇지!

부인 (장군을 식탁의자에 앉혀 주며) 이 의자 편해요?

장군 편하군. 그런데 편지 심부름 간 녀석이나 내 딸 신랑
이 될 사람이 왜 안 나타나는 거야?

언니 좋은 일일수록 서두르지 말라했어요. 스페인 사람들
은요, 좋은 일이 생기면 아예 며칠씩 늑장을 부린답
니다.

청년 (동생에게) 당신 언니, 언제 스페인에 갔었다고 저러지?

장군 일부러 며칠씩 늑장을 부린단 말이요?

언니 그럼요. 서너 달씩, 어떤 사람은 몇 해씩 미뤄 두는
걸요.

장군	그것 참! 그런 사람들이 어떻게 소하고는 싸운담?
언니	절대 사람이 먼저 소를 건드리지 않아요. 그라시아스, 소가 먼저 사람에게 싸움을 걸죠. (동생과 청년에게 다가온다) 여긴 왜 오셨죠? 먼저 싸움하려고 온 거예요?
동생	언니, 이분은 싸움 안 해요.
언니	그럼 온 이유가 뭐니?
동생	사랑하고 있어요, 우리는. 저녁을 사주시겠대요. 음악이 흘러나오는 아늑한 음식점에서요. 그래서 여기까지 날 데리러 오신 거예요.
언니	(의심쩍게) 정말이에요?
동생	네에, 그렇다니까요.
언니	넌 가만있어라. (청년에게 따지듯이) 대답해 봐요, 사실인지?
청년	(우물쭈물하며) 사실은⋯.
동생	(청년의 손에 팔을 끼며) 그럼 다녀올게요, 언니!

동생과 청년, 우산을 함께 받고 퇴장한다.

장군	(언니에게) 내 성미가 급하다고 생각하오?
언니	글쎄요⋯.
장군	스페인 장군들은 어떻소?
언니	그라시아스, 기타 치면서 열정적인 노래를 불러요.
장군	장군들이?

언니   그렇죠. 애인의 창문 밑에서.

장군   나처럼 늙어 버린 퇴역 장군들도 그런 짓을 한단 말이요?

부인   당신이 늙었다구요?

장군   시집 갈 딸이 있는데… 늙긴 늙었지.

언니   그럼 애인이 창문을 열고 장군에게 아름다운 노래를 부르죠.

장군   그것 참! 다리가 낫기만 하면 꼭 그 나라에 가봐야겠군!

처녀   (어두운 표정으로) 아버지….

장군   걱정 말아라. 네 결혼은 시켜놓고 떠날 테니.

처녀   (손수건을 꺼내 눈물을 닦는다) 아버지….

부인   아버지란 사람이 도대체. 당신은 딸이 왜 우는지 알기나 해요? 이 앤 뜬눈으로 밤을 지새우고 있어요. 어떤 분일까? 생긴 모습은 어떨까? 마음은 따뜻하고 너그러울까? 여보, 미리 좀 알아볼 수는 없는 거예요?

장군   이런 경우 어떻게 하고 있소, 스페인에서는?

언니   사랑에는 확신이 있어야 해요.

부인   맞아요. 우리 딸이 그런 사랑의 확신이 없으니까 우는 것 아니겠어요?

장군   나더러 어떻게 하라는 거요? 사위 될 사람, 대충 짐작하건대 코는 하나일 테고 눈은 둘일 거요. 그리고… 당신이나 나나 용감하게 평생을 함께 산 거지,

무슨 확신 같은 걸 갖고 살았겠소? (소리를 내며 우는 처녀에게) 얘야, 울 것 없다. 울지 말라니까… (언니에게) 무슨 좋은 방법이 없겠소?

언니　스페인에서는 이럴 땐 현자를 불러서 물어보죠. 다행히 이 호텔엔 세상일을 잘 아는 현자 한 분이 묵고 계신답니다. 모셔 올까요?

장군　저 울음소리만 멈추게 해줄 수 있다면야.

언니　(분장사를 찾으러 가며) 그야 어렵지 않을 거예요.

장군　쯧쯧, 사랑의 확신이라니….

부인　왜요?

장군　자꾸 그래서 딸 울음소리만 높여놓는군. 얘야, 사람이든 망아지든 다 그 부모를 보면 자식을 알 수 있다. 내 딸인 네가 좋은 사람이듯이, 내 친구의 아들 역시 좋은 사람일 테니 걱정마라.

부인　참 지당한 말씀이군요!

장군　왜 나한테만 뒤집어 씌우는 거요?

언니와 분장사가 등장한다.

언니　그라시아스! 현자께서 나오십니다!

분장사　아, 다투지들 마십시오. 좋은 방법이 있습니다. 장군, 이건 어떻겠습니까? 사랑의 확신을 가려내는 방법인데요… (언니를 가리키며) 이분이 장군의 따님과 나란히

있는 겁니다. 듣자니 신랑 될 사람도 따님을 보지 못
한 건 마찬가지라니까, 그 사람이 사랑에 대한 확신
이 있다면, 진짜 따님을 첫눈에 알아볼 테고, 뭐 그런
확신 없다면, 이 가짜를 따님인 줄 오해할 겁니다.

장군   괜찮은 방법인 것 같소!

부인   (처녀에게) 네 생각은 어떠니?

처녀   확신만 가질 수 있다면요, 방법이 무슨 상관이겠어요?

장군   (분장사에게) 좋소, 그걸 해보기로 합시다.

언니   (처녀에게) 잘 됐군요, 아가씨. 그분이 진짜 아가씨를
알아내거든, 그때는 주저 말고 그분과 결혼하세요.

미장이, 아들 방 쪽에서 나오다가 장군 가족들이 눈치채지
않게 살금살금 정문으로 다가가더니, 금방 들어오는 시늉을
한다.

미장이   장군님, 편지를 전하고 왔습니다!

장군   수고했네.

미장이   편지를 받고 굉장히 흥분하셨습니다!

장군   그렇겠지!

미장이   일생동안 그 편지 오기를 기다렸다고 하시면서요!

장군   (지극히 만족하며) 그야 당연하지.

미장이   그렇지만 장군님, 한 가지 양해 말씀 전해 달라 부탁
드리던데요.

장군 뭔가?

미장이 요즈음은 매일 비가 내립니다. 그래서요, 홍수가 지는 바람에 길이란 길은 물에 잠겨서 거의 통행 불능이지요. 그 때문에 부친 되시는 장군께선 직접 오시지를 못하고 아드님만 즉각 이곳으로 보내시겠다 하셨습니다.

장군 조금 서운하지만 어쩔 수 없지. 곧 그 아들이 오긴 온다니 우리도 서둘러 준비를 해야겠군.

부인 (언니에게) 어서 우리 딸처럼 해요. (처녀에게) 그런데 넌 너무 곱게 입고 있구나. (식탁보를 벗겨 뒤집어씌워 주며) 마치 부엌데기처럼 이걸 둘러쓰고 있어라.

미장이 (장군 가족의 시선을 다른 곳으로 유도하기 위해 엉뚱한 방향을 가리키며 소리 지른다) 저기 보십쇼, 저기를!

장군 뭔가?

부인 뭐예요?

미장이 수염 달린 급사가 저기, 창문 밖에 있습니다!

그 사이, 아들 방에 있던 땜장이와 칠장이가 검은색 비옷을 입고 나온다. 그들은 온몸을 담요로 덮은 아들을 데리고 정문으로 빠져나간다. 잠시 후, 그들은 아들을 좌우 양쪽에서 호위하며 되돌아와서 장군에게 거수경례를 한다.

땜장이 만수무강!

칠장이   만수무강!

땜장이   조국과 장군에게 영광있으라!

칠장이   조국과 장군에게 영광있으라!

장군   고맙소. (의심쩍게 바라보며) 그런데 당신들은 누구요?

땜장이   선발대입니다. 홍수 때문에, 저희 주인께서는 직접
        오실 수가 없어서 저희들을 대신 보내셨습니다.

칠장이   장군님, 처음 출발할 때는 모두 열네 명이었습니다,
        그런데 홍수에 떠내려가 버리고 이렇게 저희들만 살
        아왔습지요.

땜장이   실종된, 그 충직한 동료들의 명복을 비는 바입니다.

장군   전화를 한다든가, 미리 알려주지 그랬는가?

칠장이   불통 상태입니다, 모든 통신은.

장군   알겠네.

부인   그래 당신들만 오신 거예요?

땜장이   아뇨, 누군가하고 같이 왔습니다. 그렇지만 절대 그
        누군가는 비밀로 해 두라는 명령을 받았지요. 다만
        저희들이 말씀드리고 싶은 것은, (아들을 가리키며) 여
        기 누군가의 용맹함입니다. 이 누군가는 그 엄청난
        홍수 속에서 용감하게 저희 두 사람의 목숨을 구해
        냈거든요.

칠장이   조국과 이 누군가에 영광 있으라!

언니   잘 오셨어요. 저는 용감한 분을 좋아한답니다.

아들   (고개를 푹 숙인 채 침묵)

언니	수줍음을 몹시 타시는가 보죠?
땜장이	원래 용감한 사람이란 말이 없는 법입니다.
칠장이	그건 생각이 깊다는 증거이기도 하지요.
언니	누구나 사랑할 때는 확신을 못해 생각하고 또 생각하죠. 그러나 지금은 결정의 시간, 우리 둘 중에 누가 장군님의 따님인가요?
장군	(부인에게) 저쪽에서도 똑같은 술수를 쓰는 모양이군.
부인	그런가 봐요.
아들	(고개를 푹 숙인 채 침묵)
언니	(한 걸음 나서며) 자, 어서 선택하세요!
아들	(침묵한다)
장군	답답해서 더 못 보겠군! 여보게, 자네가 누구인지 먼저 말하겠네. 자네는 내가 언약한 친구의 아들, 내 딸의 남편, 나의 사위일세. 난 첫눈에 보자마자 자네가 누구인지 알아봤네. 자, 그렇다면 이번엔 자네 차례일세. 내 딸이 누구지? 어디 자네의 확신을 보여주게!

아들, 담요를 벗는다. 그리고 언니를 피해 처녀에게 다가간다. 그리고 떨리는 손으로 처녀가 둘러쓴 식탁보를 벗긴다.

땜장이·칠장이	만세! 조국과 사랑에 영광 있으라!
부인	기적이 따로 없군요!

43

분장사 축하드립니다, 장군님!

장군 고맙소.

칠장이 이렇게 감격해 보긴 처음입니다!

땜장이 나도 평생에 단 한 번!

장군 우리 역시 마찬가지요!

칠장이 본인들 그러니까 저 누군가들끼리야 더 말할 나위 있겠습니까! 저희 주인께서도 이럴 줄 짐작하시고, 저희에게 몇 가지 당부한 바 있습니다. 축하 잔치도 하고, 선물도 사서 드리고, 또 여러 가지 하라면서요. 이만큼이나 큰 돈 자루를 두 개나 주셨지요. 그런데 오다가….

땜장이 오다가 그만… 홍수 때문에… 몽땅 잃어버렸습니다. 황송합니다만 장군님, 다소 얼마라도 빌려주셔야 할 형편인데요?

칠장이 물론 강요하는 건 결코 아닙니다.

땜장이 (아들을 가리키며) 보십쇼, 장군님의 사위 될 사람이 젖은 옷을 입고 있습니다.

칠장이 당장 새 옷을 사서 갈아 입혀야 합니다.

땜장이 저희는 밤에 잘 곳도 없고요.

칠장이 물론 다시 돈을 가지려 홍수 속을 건너갔다 올 수는 있습니다만….

땜장이 그만 두십쇼, 장군님. 저희는 여기 있을 테니, 사위더러 혼자서 다시 갔다 오라지요.

장군	(지갑에서 돈을 꺼내주며) 내가 그렇게 인색한 사람 같은가!
칠장이	천만의 말씀입니다. 장군님!
장군	내 사위는 우리 가족의 소중한 사람이네. 비가 그칠 동안은 이곳에 꼼짝 말고 머물러 있어야 하네!
땜장이	저희들은 어떻게 하고요?
장군	자네들도 함께 있게.
땜장이	감사합니다. 장군님!
칠장이	저희 주인께서도 늘 귀가 따갑게 말씀하셨습니다. 장군께서는 인자하신 분이라고요.
장군	그럴 테지!
땜장이	사위를 좀 쉬게 해야 합니다. 저희를 살려내려고 너무 과로했거든요.
칠장이	(미장이에게) 방 있나, 이 호텔에?
미장이	저를 따라 오십쇼!
땜장이	그럼 자주 뵙겠습니다.
칠장이	아침, 낮, 밤, 가릴 것 없이요.

땜장이와 칠장이, 아들을 처녀로부터 떼어내서 미장이의 뒤를 따라 퇴장한다.

부인	(현기증을 일으켜 넘어지려는 처녀를 붙잡는다) 얘야!
처녀	걱정 마세요, 어머니… 불안하고 초조했었죠. 하지만

이젠 다 사라져 버렸어요. 어머니, 그분 보셨죠? 저를 향해 똑바로 걸어오시던 모습을요! 눈동자 한번 다른 델 돌리지 않으시고요, 곧장 저를 향해 오시는 걸 보셨잖아요?

부인 그래, 나도 봤다!

처녀 (부인의 가슴에 쓰러지며) 아, 숨이 막혀요!

부인 너도 좀 쉬어야겠다.

부인, 처녀를 방으로 데리고 간다.

장군 이럴 땐 무슨 말을 해야 옳겠소?

분장사 글쎄요….

장군 솔직히 말해서, 뭔가 내 자신이 억울한 것만 같소.

분장사 그러실 겁니다. 기적이란, 사실 그걸 구경만 하는 입장에서 본다면 억울한 거죠. 왜 나에겐 저런 기적이 일어나지 않을까….

장군 그렇소. 다 늙도록 이날까지… 왜 내 인생에는 기적이 없었는가….

언니 장군께서는 가망성이 있어요. 틀림없이 그런 기적이 일어날 거예요. (한숨을 쉬고 웃으며) 하지만 저는… 저는 틀렸어요. 인생이 제발 좀 저를 속여 주기라도 했으면 좋겠는데요. 그럼 속은 채 그냥 넘어가 줄 수도 있겠는데….

장군	실례지만, 부인은 웃을 때가 가장 아름답소.
언니	그라시아스, 장군님!
장군	난 꼭 스페인에 가 볼 거요. 부인이 말해줬던 그곳 사람들과 황소들을 만나보겠소.
언니	그렇게 하세요, 장군님.
장군	(머리 위 천정을 가리키며) 빗물이 방울방울 떨어지는군, 내 몸에.
분장사	흠뻑 젖기 전에 방으로 모셔다 드리지요.
언니	장군님, 제 어깨를 잡으시죠.

장군, 언니의 어깨를 잡고 왼쪽 다리를 절뚝이며 걸어간다.

막간극

밤. 아늑한 불빛이 식탁 주위를 밝힌다. 귀공자마냥 말쑥하게 차려입은 아들과 그를 둘러싸고 하숙인들이 모여 있다.

사람들	왕자님 같군!
분장사	매일 밤, 밤이 되면 나오는 동화 속의 왕자님이여!
아들	고맙습니다, 여러분.
동생	말해줘요. 아가씨와 둘이서 무슨 이야기를 하죠?
아들	이야기요? 아직 한 번도 못 해봤어요. 하지만 그런

건 상관없죠. 우린 말 안 해도 잘 알아요. 보는 것 듣
는 것, 그리고 느껴지는 것, 그 모든 것을요. 하지만
장군께서는 그걸 모르시는가 봐요. 어젠 제가 벙어
리인가 하고 물으시더군요.

분장사 그래서 뭐라고 대답했나?

아들 아무 말도 안 했죠.

땜장이와 칠장이, 여주인이 부엌에서 만든 음식을 날라온다.

칠장이 오예, 빰빠라 빰!

땜장이 짠짜라 짠짠!

분장사 굉장하군!

땜장이 아무렴!

언니 그동안 재료가 없어서 그랬지, 우리 아주머니 음식
솜씨는 최고죠!

여주인 과찬이에요!

땜장이 (술병을 들고 보더니 분장사에게 주며) 글씨가 작아 잘 안
보여. 뭐라고 써있나?

분장사 (땜장이 귀에 대고 속삭인다) 천국의 맛, 땜장이가 먹으면
죽는다고 써있네.

칠장이 (땜장이에게) 뭐라고 써있대?

땜장이 칠장이가 먹었다간 죽는다고 써있다네.

칠장이 그거 기막히게 좋은 술이군!

그들은 술잔의 술을 따라 건배를 외치고 마신다. 미장이가 장
군 방 쪽에서 나온다.

미장이 장군 가족께서 곧 나오시겠다네.
칠장이 요즘 자네는 냉천 물 값으로 톡톡히 재미 본다며?
미장이 자네들은 안 그렇고?
땜장이 우리야 귀빈처럼 대접받고 있지.

장군 가족이 등장한다. 장군은 지팡이를 짚었다. 아들과 처녀
는 식탁에 나란히 앉는다. 그 둘은 서로 얼굴을 마주보면서 아
무 말이 없다.

분장사 (장군이 의자에 앉는 것을 도와주며) 아프진 않습니까, 다
치신 다리가?
장군 아프지는 않소.
분장사 냉천의 효과 때문입니다.
장군 그런 것 같소. 현자 선생, 저 사위될 사람이 무슨 말
이든 하는 걸 들어 봤소?
부인 걱정이 돼서 죽겠군요. 여태껏 우린 저 사람이 말하
는 소리를 듣지 못했어요. 혹시 벙어리가 아닐지…
선생님, 무슨 방법이 없을까요?
분장사 (심사숙고한다) 글쎄요….
미장이 목감기가 아닐까요, 요즘 유행하는?

장군   의사를 불러다 주게!

미장이   (난처해하며) 의사요…?

장군   왜 내 다리를 진찰했던 의사 있지 않은가? 지금 곧 오시도록 하게. 목감기를 치료해서 말을 하게 해야지!

미장이   그 의사는 행방불명입니다!

장군   행방불명이라니…?

미장이   어디로 갔는지 본 사람이 없습니다!

부인   (분장사에게) 선생님, 부탁이에요 제발 한마디만 듣게 해주셔도 그 은혜는 평생 잊지 않겠어요.

분장사   부탁도 여러 가질 하십니다. 저번엔 따님의 울음소리를 멈추게 해달라 하시고, 이번엔 사위 될 사람 목소리를 듣게 해달라 하시니….

장군   (애가 타서) 불가능하겠소, 이번엔?

분장사   즉흥극을 하면 될 것 같습니다. 내가 극장에서 봤던 연극인데… 세익스피어의 연극인가… 그게 아니고 오영진의 연극인지… 어쨌든 시작하겠습니다.

분장사, 일어선다. 식탁에 앉아있는 사람들의 시선이 그에게 모아진다.

분장사   보라, 세상은 식탁과 같도다. 사람들은 둘러앉아서 먹고 마시며, 서로 사랑하고 즐거운 놀이를 하는도다. (식탁의 좌우 양쪽 끝을 번갈아 가리키며) 그리고 저쪽에서는 죽음이 버티고 있으며, 또 이쪽에서는 생명이 자리 잡고 있도다. (그는 미장이를 일어나도록 해서 죽음역을 맡긴다) 그대 죽음이여, 그대는 식탁에서, 누구를 데려갈까 그 생각만 하고 있구나.

미장이 누구를 데려가도 좋단 말인가?

분장사 그럼, 그대 마음대로지.

미장이, 식탁에 앉아있는 사람들을 쭉 둘러보더니 여주인을 일으켜서 어둠 속으로 데려간다.

분장사 무례하게도 죽음은 승낙을 바라지 않노라. 그리고 우리들은 아직 남아있는 사람들을 바라보며 흘러가는 시간을 느끼는도다.

미장이 (칠장이를 어둠 속으로 데려간다)

분장사 (텅 빈 의자를 손끝으로 어루만지며) 보라, 식탁에는 텅 빈 의자가 늘어가노라. 다정했던 사람, 그 사람의 체온만을 남겨둔 채. 그러나 점점 그 온기도 싸늘하게 식는도다. 우리 운명 또한 그러하리니, 언젠가는 죽음이 우리를 모두 데려가는도다.

미장이 (땜장이를 어둠 속으로 데려간다)

분장사 (땜장이와 작별의 악수를 나누며) 잘 가게, 친구여. 즐거웠던 나날들이 그대와 함께 떠나가고, 어둠 속으로 우리 추억도 묻히노라. (식탁 위의 사과를 손에 든다) 그러나 보라, 여기에 그대들은 되살아나 있도다. 이 한 알의 열매를 맺기 위해 사과나무는 어둠 속에 무수한 탐색의 뿌리를 내리고 사라진 그대들을 찾아 헤맸도다. (장군의 부인에게 사과를 주며 먹기를 권한다. 부인이 그것을 먹는다) 보라, 여기 한 여인이 그 탐색의 열매를 먹어 피와 살 되었으니, 생명이 잉태되고, 여인은 생명을 낳았노라. (처녀에게 다가간다) 그대 생명이여, 아리따운 처녀여, 그대의 모습에서 우리의 모습이 보이고, 그대의 웃는 얼굴에서 우리의 기쁨이 되살아나며, 그대의 눈물에서 우리의 슬픔이 되살아나는도다.

미장이 (자매들을 데리고 어둠 속으로 사라진다)

분장사 그러므로 이제 우리는 아무것도 두려워하지 않노라. 죽음마저도 다시 살아나기 위한 과정일 따름이도다.

미장이 (아들을 데려간다. 식탁에는 장군과 부인 처녀만이 남아있다)

처녀 (아들 없어지자 안절부절못하며) 되돌려 주세요.

분장사 그대 아리따운 처녀여, 세상에 태어나서 진실로 사랑하는 사람 만나기가 그 얼마나 어려운지 알고 있는가? 보라! 모든 사람들이 되살아나서 그대를 향하여 다가오노라!

어둠 속에서 사람들이 나온다. 자매들, 여주인, 칠장이, 그들은 각자 자기 자리로 가서 앉는다. 마지막으로 아들이 나온다.

52

분장사   이 사람인가? 그대 진정 사랑하는 사람이?

처녀   (반갑게 일어나며) 네, 그래요!

분장사   (아들에게) 그대는 어떤가? 그대 심정을 말하여라! 그토록 거듭되는 죽음과 생명에서, 그대는 무어라고 말하겠는가?

아들   (처녀를 힘껏 포옹하며) 사랑합니다. 영원히….

땜장이   무대 조명 꺼!

칠장이   조명 끄라니까!

무대 조명 암전한다. 땜장이와 칠장이는 관객석 앞으로 나온다. 두 줄기 핀 조명이 그들을 비춘다.

땜장이   좋은 건 조금밖에 안 보여주는 겁니다, 여러분!

칠장이   그렇죠. 인생이라는 것도 그렇잖아요? 좋은 날이 나쁜 날보다 많던가요? 아무튼 비가 오는 동안, 우리는 이렇게 잘 지냈습니다.

땜장이   만약 이렇게 행복한 날이 계속되려면 비는 영원토록 내려야 합니다. 그런데 그랬다간….

칠장이   끝장나죠, 여러분이나 우리들이나.

땜장이   행복이 잠시뿐이고, 불행이 기나긴 건, 다 그런 이유 때문입니다.

칠장이   그럼 맑은 날 다시 봅시다, 여러분.

땜장이·칠장이   조국과 여러분에게 영광 있으라! 이게 우리들 행복한 날의 마지막 인사입니다.

그들을 비춘 조명이 꺼진다.

제 3 막

맑게 개인 날. 장군 가족, 그리고 장군의 친구인 신사, 청년, 전당포 영감이 모여 있다. 그들은 어처구니없다는 표정이다. 하숙집 사람들은 모두 어디론가 숨어버리고, 가엾게도 미장이 혼자만이 붙들려 곤욕을 치르고 있다.

전당포영감 어쩐지 이상하더라니! 그토록 오랜 비, 다들 굶어 죽었을 텐데 멀쩡히 살아있거든! 꼭 잔칫집같이 매일 호화판으로 먹고 마시면서, 내 돈 값을 생각은 전혀 하지 않더란 말이요! 얼마나 괘씸한지, 난 당장 이 녀석을 붙잡고 이실직고하라고 다그쳤지.

부인 호텔 급사가 아니에요, 이 사람?

전당포영감 미장이요, 미장이. 다른 녀석들은 땜장이, 칠장이, 거리에서 줄타는 여자들, 분장사, 그런 나부랭이들이고.

장군 그럼 냉천은 뭐요?

전당포영감 (미장이에게) 솔직히 말씀해 드려!

미장이 빗물이었습니다, 지붕에서 떨어지는.

전당포영감 다 듣고 보니 기가 차더군! 하지만 난 나대로 궁리를 해봤지. 그동안 이자가 원금보다 수십 배나 붙었는데, 그 돈 받아내긴 다 틀렸다 싶었는데… 좋은 방법이 떠오르더군. 이 사실을 실수요자에게 팔아넘기는 것. (신사 앞으로 가서) 그래서 난 선생댁을 찾아갔던 거요. 흥정을 잘하시더군. 사실의 중대성이 워낙 크니까 몇 푼 깎지도 않고 사시더란 말이요.

신사   (장군에게) 이 영감이 날 만나서 한다는 소리가 자네 아니겠는가? 그래서 지체 없이 달려왔지.

장군   고맙네, 이제야 와주어서.

신사   자네가 도착하던 날, 내 아들을 마중 보냈었지. 그건 믿어 주게. 비는 쏟아지고, 기차가 연착했거든. 내 아들이 조금만 더 기다렸어도 이런 불행한 일은 없었을 텐데… 미안하네. 이런 곳에서 속아 지내고 있을 줄은 꿈에도 생각 못했지.

장군   저기, 다 키워놓은 내 딸이 있네.

신사   내 아들도 저기 있네.

청년이 처녀 뒤를 따라 다니고 있는 중이다. 청년이 다가가면 처녀는 뒷걸음질 치고, 청년이 또 다가가면 그녀는 다시 뒷걸음질 치기를 반복한다.

청년   우리 서로 본 것 같지 않아요?

처녀   아니에요!

청년   꼭 어디서 본 것 같은데….

처녀 그럴 리가 없어요! 태어나기 전 기억을 다 뒤져도 당신 같은 사람 없어요!

청년 아무튼 만날 수 있기를 고대하고 있었습니다. 우선 당신을 이런 곳에서 구출할 수 있게 되어 기쁘군요. 얼마나 고생하셨습니까? 당신을 괴롭혔던 악당들을 모조리 잡아내 복수를 해드리겠습니다. 특히 그놈, 나를 빙자하고 내 행세를 했다는 그놈은 가만 놔두지 않을 겁니다!

부인 (뒷걸음질 치는 처녀를 청년 쪽으로 밀어붙이며) 애, 얼마나 마음 든든한 신랑이냐!

전당포영감 (청년을 잡아당기며) 우리 사이엔 아직 계산이 끝나지 않았네. 자네가 맡겨놓은 그 잡동사니들, 뭐 내 전당포가 자네 집 창고라고 오해하는 건 아니겠지?

청년 영감… (자기를 의아롭게 바라보고 있는 신사에게) 아무것도 아닙니다, 아버지….

전당포영감 아들이 못 갚는 돈, 아버지에게서 받아내라. 그게 내 인생 철학이요.

신사 (사태를 무마하며) 내가 대신 갚을 테니 우리 집으로 오시겠소?

전당포영감 역시 내 인생 철학을 제대로 이해해 주시는구려. (정문 밖으로 퇴장하며) 내일 반드시 가겠소이다!

미장이 영감님!

전당포영감 (걸음을 멈춘다) 왜 그러나?

미장이 이분께 우리 빚도 대신 갚아 달라 하십시오!

전당포영감 대신 갚아 달라…?

미장이 네. 그래야 맑은 날, 우리 도구들을 되돌려 받아 일을 해서 먹고 살지요!

전당포영감 음… 빚 대신 갚거든 자네들 물건은 내가 돌려주지. 그래야 비가 오는 날, 자네들이 다시 그걸 전당포에 맡길 것 아닌가? 이래 봬도 난 지극히 철학적인 사람이라네.

전당포 영감, 정문 밖으로 퇴장한다.

신사 이런 일이 생긴 것도 사실 따져보면, 우리가 혼인을 너무 꾸물댔던 탓 아닌가? 자네 생각은 어떤가?

장군 그야 여부가 있나. 내 생각도 바로 그걸세!

신사 그럼 당장 결혼식을 올려버리세. 한 시간만 기다리면 내가 모든 걸 준비하겠네!

장군 오늘 바로 식을 하자 그 말인가?

신사 물론이지! 내 아들과 자네 딸의 결혼식인데, 진짜 호텔 예식장을 빌려서 해버리세! (정문 밖으로 나가려다 다시 되돌아와서) 아, 참! 자네 그 다리 정말 다친 건가?

장군 (무척 아픈 것처럼 신음한다) 정말 다친 거네.

신사 그럼 자넨 가족과 여기 있게. 우리가 준비해 놓고 곧 데리러 오겠네.

신사와 청년, 퇴장한다. 장군은 그들이 나간 다음 일어나서 다리에 감긴 수건과 묶인 고무줄을 푼다.

장군   멀쩡하군!

부인   그런데도 왜 정말 다쳤다고 신음 소릴 냈어요?

장군   그 친구가 이 사실을 알면 내 체면이 뭐가 되겠소? 그 어떤 전쟁터에서도 손가락 하나 다치지 않았던 영웅이, 맙소사, 이런 꼴을 당하다니… (화가 나서 의자를 걷어찬다) 기가 막히는군!

미장이 (안절부절 못하다가 정문 밖으로 달아나 버린다)

부인   당신은 오직 당신 명예만 생각하시는군요?

장군   나의 영광스런 생애에 먹칠을 한 거지!

부인   스페인 황소는요? 그 여자 생각은 왜 안 하시는 거죠? 기가 막히는 건 오히려 나라구요. 황소에 대해서 어쩌구저쩌구 하면서, 날 따돌려 놓고 자기들끼리만 좋아 지내더니… 이 이야길 퇴역 장군 친목회에 가서 퍼뜨릴까요?

장군   (하늘을 우러러 탄식하며) 하나님 맙소사! 이젠 평생을 마누라 손에 잡혀 살게 되었습니다!

부인   여보, 차렷하세요!

장군   (울상을 하고 차렷 자세를 취한다)

부인   기적이군요!

장군   그 여자 말이 맞긴 맞군! 나에게 무슨 기적이 일어

날 거라더니 하필 이런 것이….

부인 우향우! 좌향좌! 앞으로 갓! 장군, 조용히 우리들 후퇴의 짐을 꾸리세요. (장군 자기 방 쪽을 향해 일직선으로 퇴장한다) 너희 아빠가 내 말에 고분고분 따르시기는 이번이 처음이구나! 얘, 너도 결혼해 봐라. 남편이란 저렇게 잡아 둬야 한다. (두 주먹을 불끈 쥐고) 스페인 황소 얘기를 또 꺼내기만 해봐!

처녀 (곧 울음이 터질듯한 얼굴을 하고 있다) 어머니!

부인 이젠 걱정 마라. 만사가 잘 될 거야. 그 청년, 키도 크고 잘 생겼더라.

처녀 도무지 그를 사랑할 것 같지 않아요!

부인 (처녀를 감싸안으며) 사랑? 사랑은 아름답고, 무슨 꿈같은 환상처럼 생각들 하지. 하지만 어디 현실에서도 그럴 수 있겠니? 그래도 넌 얼마나 다행이냐? 대부분 현실은 꿈보다는 못생긴 얼굴을 내밀지만, 너한텐 돈 많고 제법 잘생긴 얼굴을 내미는구나.

처녀 싫어요! 전 그런 얼굴은 싫어요!

하숙집 여주인이 들어온다. 그녀는 죄를 지은 듯이 가까이 오지 못한다.

여주인 부인, 말씀을 좀 드릴 수 있을까요?

부인 (냉정한 태도로) 네, 말씀하세요.

여주인   비가 오는 동안엔⋯ 저희는 그럴 수밖에 없었답니다.

부인   아, 그렇겠지요.

여주인   폐를 끼친 건 진심으로 사과드려요.

부인   물론 사과해야지요. 백배 천배 사과해야 한다구요!

여주인   죄송합니다, 부인. 그리고 아가씨⋯ (몇 걸음 다가와서 호소하며) 부탁이 있습니다. 한 아들을 가진 어미로서, 제가 드리는 이 부탁을 거절하지 말아 주세요. 비가 오던 날, 사실 저희들은 따님께 잘못을 저질렀어요. 그렇지만 비가 그치면 장군님 가족들은 보내 드려야 하고, 아무도 그걸 막을 수 없다는 건 알고 있었죠. 다만, 제 아들만이 아직도 그걸 모르고 있다면 믿어 주실까요? 그 앤 그래요. 아직 철부지랍니다. 모든 나날이, 비 오는 날 다르고, 비 오지 않는 날 다르다는 걸 분별할 줄 몰라요. 정말 자기 자신이 장군의 따님과 결혼할 수 있다고 믿고 있어요. 아가씨가 떠나고 나면, 그 애는 깊은 마음의 상처를 입겠지요.

부인   (냉정하게) 안됐군요.

여주인   어미로서 제 가슴은 찢어지곤 했었죠. 비가 개이고 해가 뜨면⋯ 제 아들의 아름답지만 불가능한 꿈은 끝날 걸 알았어요. 그래서 부인, 아가씨, 부탁드려요. 마침 제 아들은 거리에 나가고 없답니다. 그 애가 모르는 사이 떠나주세요.

부인   우린 지금 떠날 거예요.

아들, 정문으로부터 명랑하게 들어온다.

아들 거리 구경 가지 않겠어요? 굉장해요. 오랜만에 날씨
는 맑고, 물 빠진 거리마다 사람들이 몰려나와 있어
요. (처녀에게 자기의 손을 잡도록 내밀며) 아가씨, 함께 가
실까요?

부인 (여주인에게) 유감이지만 그 부탁은 못 들어 드릴 것
같군요. (아들을 떼어 놓는다) 갈 테면 혼자서 가지! 그
따위 걸맞지도 않는 짓을 하면 뭐 우리 딸이 넘어갈
것 같은가?

여주인, 아들을 데리고 자기 방으로 들어간다.

처녀 어머니, 그렇게까지 하실 필요는 없잖아요!

부인 난 좋아서 그런 말을 한 줄 아니! 잔인한 것 같지만
그래야 맑은 날 우리는 살아갈 수 있어!

처녀 맑은 날에도 빗방울은 떨어져요!

부인 그런 꿈같은 기적은 없다!

장군, 면사포와 웨딩드레스 들고 나온다.

장군 이건 어떻게 해야겠소? 우리가 가져온 딸 혼례복인
데….

부인　입혀야지, 어떻게 해요.

처녀　전 절대 입지 않겠어요!

처녀, 식탁 쪽으로 물러간다. 부모들은 붙들려고 한다. 그녀는 식탁을 반 바퀴 돌아서 반대쪽으로 가버린다. 부모들은 뒤따라간다. 그녀는 다시 반대쪽으로 가서 선다. 그들은 서로 대치상태로 들어간다. 부모들은 그녀를 설득시키기 위해 온갖 말로서 달래기도 하고 위협도 한다.

장군　설마, 너 반대하는 건 아니겠지?

부인　그랬다간 넌 우리 딸이 아니야! 좋은 말 할 때 고분고분 들어라!

장군　우리 체면도 생각해다오. 이 아빠는 친구 간에 의리 없는 놈이라고 평생 욕 들을 거고, 네 엄마도 어디에 얼굴을 들고 다니지 못할 거다!

부인　너는 어떻게 될 것 같니? 우리 합리적으로 생각하자, 오늘 결혼하면 네가 얻을 수 있는 행복들이 얼마나 많은지, 당신이 말해 줘요.

장군　뭐? 내가? 그, 그래. 결혼의 행복은 엄청 많지….

부인　현실적인 걸로요.

장군　그래. 넌 우리의 유산을 모두 상속받게 된다.

부인　알겠니? 이건 가장 중요한 거야!

장군　물론 내 친구도 같은 약속을 했다.

부인　　생각해봐. 호화로운 저택, 수영장이 있는 널따란 정
　　　　원, 고급 자동차를 생각해봐라. 그건 누구나 갖고 싶
　　　　어 하는 현실이야.

장군　　그래. 이런 현실적인 행복을 위해 목숨을 바치는 게
　　　　바로 전쟁이지. 한낱 꿈 같은 것을 위해 생명을 거는
　　　　병사는 없다. 그런 건 대포 한 방이면 박살이 나지.
　　　　애야, 잘 들어! 내가, 여기에 군대라도 끌고 와서 너
　　　　를 공격해야만 항복하겠냐?

부인　　(처녀에게 다가가며) 더 버텨봐야 소용없잖니? 너의 꿈
　　　　같은 남자는 어디론가 들어가서 다시 나올 엄두도
　　　　내지 않는구나. (혼례복을 내밀며) 이걸 입어라. 내가 도
　　　　와주마. (딸의 손목을 잡고 자기 방으로 가며) 옷도 입혀주
　　　　고 화장도 도와줄게.

　　　　부인과 처녀 퇴장하고 장군만이 남는다. 잠시 침묵. 그는 왼쪽
　　　　다리를 흔들어 보더니, 다시 화가 나서 옆에 있는 의자를 걷어
　　　　찬다.

장군　　완전히 멀쩡하군!

분장사　(소리) 축하합니다. 장군님의 다리가 완쾌되신 것
　　　　을….

장군　　(사방을 둘러보며) 누구요?

64

분장사, 그는 지붕 위에 엎드려서 뚫린 구멍에 대고 아래를 향하여 말하고 있다. 그래서 그의 목소리는 울려 퍼지는듯한 효과를 내고 있다.

분장사   꿈입니다.

장군   그 엉터리 수작 좀 집어치우지!

분장사   장군, 장군께서는 말씀하셨습니다. 그 어떤 병사도 한낱 저희 같은 꿈을 위해 목숨을 걸지 않는다구요. 그 말씀은 맞습니다. 그렇지만 그 어떤 병사도 저희들을 구둣발로 걷어차지는 않습니다. 장군, 지금 저희는 당신 앞에 나타나려 합니다. 하지만 장군께서 병사도 하지 않을 짓을 하실까봐 겁이 나는군요. 약속해 주시겠습니까? 만약 저희가 나타나더라도 그 완쾌하신 다리를 무리하게 쓰지 않기를 바랍니다.

장군   (발로 마루 바닥을 쾅 울리고 나더니) 좋소. 약속하지!

분장사   감사합니다.

칠장이, 땜장이, 미장이, 곡예자매, 분장사가 각기 숨어있던 곳에서 나와 일렬로 나란히 도열한다. 잠시 침묵. 장군이 그들에게 경고한다.

장군   제군들, 제군들이 저질렀던 과오는 마땅히 벌을 받아야 할 거요. 내가 요구하기만 한다면, 제군들은 모두 감옥에 들어갈 거란 말이오. 알겠소?

분장사   용서하십시오, 장군. 그렇지만 저희들이 감옥에 들어가면 세상은 무슨 꼴이 되겠습니까? 세상은 지금 엉망진창입니다. 저희들이 수리를 해야 하고, 다듬어야 합니다. 미장이는 무너졌던 벽을 다시 쌓아 올려야 하고, 칠장이는 다시 곱디곱게 칠을 해야 하며, 땜장이는 뚫렸던 구멍을 다시 때워야 해요. 이런 일을 저희가 하지 않는다면 그 누가 하겠습니까? 세상이 저희들을 필요로 합니다.

장군   참 만만치 않군, 당신들! 비 오던 날들의 모든 일은 불문에 붙이겠소.

하숙인들   고맙습니다.

장군   하지만, 당신들은 너무 지나칠 만큼 내 돈을 뜯어갔단 말이오. 매일 밤마다 잔치를 벌려, 먹고, 마시고, 모두 내 주머니에서 나간 거지. 특히 냉천인가, 그 빗물에 대해서는 난 터무니없이 비싼 대가를 치뤘소. 그건 되돌려 줄 수 없겠소?

언니   재미있는 스페인 황소 이야기를 무료로 해드렸는데요. 그 값을 내시겠어요?

장군   음….

언니   장군의 사위라고 나타난 남자를 위해, 제 동생이 참고 있는 마음의 고통은요? 그 고통의 값은 또 어떻게 해야 할까요?

장군　그건 무슨 소리요?

동생　아무 것도 아닙니다, 장군님. 값을 정할 수 있을까요, 사랑하는 마음을? 그건 셈할 수도 없어서 아무 대가도 바라지 않죠.

땜장이　장군님, 저희들 마음만은 다해 드렸습니다.

미장이　진정으로 보살펴 드렸고요.

칠장이　즐겁게도 해드렸습니다.

분장사　그걸 모르시겠어요?

장군　(잠시 침묵) 알고 있네.

언니　그라시아스! 기억해 주세요, 저희들을!

장군　(고개를 끄덕이며) 그럼 잊을 리가 있겠소?

하숙인들　감사합니다, 장군님.

장군　내 딸이 오늘 결혼식을 하오. 초대하고 싶은데 모두 와주겠소?

분장사　저희들도 오늘 결혼식이 있습니다. 장군님을 모시고 싶은데요, 참석하시겠습니까?

장군　누가 결혼을 하는데?

분장사　이 하숙집의 아들이요.

장군　그 되먹지도 않은 가짜가 오늘 결혼을 한단 말이요?

분장사　그렇습니다. 장군의 따님과 하게 됩니다.

장군　(발칵 성이 나서) 뭐요?

하숙인들　저희들의 소망입니다.

장군　소망? 당신들 소망이라고? (어처구니없다는 듯이) 하늘 좀 쳐다보지! 하늘이 어떻게 달라졌나 보란 말이요!

아름다운 혼례복을 입고 면사포를 쓴 처녀와 부인이 나오다가
이 광경을 바라본다

장군   여보, 아직도 이 자들이 꿈같은 소릴 하고 있군!

하숙인들 (처녀를 보자 더욱 소리를 높여) 저희들의 소망입니다!

분장사   아가씨, 오늘 결혼식 주례는 내가 맡겠습니다. 비록 몇 안 되기는 하지만 열렬한 축하객들도 있고, 간소하긴 하나 식장으로서 이 하숙집은 손색이 없습니다. 아가씨, 결혼은 누구와 하는 겁니까? 사랑의 확신이, 그 확신이 있는 사람들끼리 하는 것 아닙니까?

처녀   모두 꾸며낸 거예요. 사랑도 지어낸 거고요. 확신이란 것도 한낱 어리석은 장난이죠. 자, 이젠 됐어요? 저는 이제 모든 걸 똑바로 볼 줄 알아요. 비 오는 날과 맑은 날을 가려낼 줄 알고요, 날씨에 따라서 제 자신을 바꾸는 재주도 부릴 줄 안답니다. 저런 날엔 저렇게, 이런 날엔 이렇게, 적당히 바꿔가며 살 수 있어요. 그런데 왜 저는 기쁘지 않은 걸까요? (하늘을 향하여 간절하게) 제발 저를 불쌍히 여겨주세요! 저는 앞으로 살아나갈 그 모든 날들이 두렵습니다! 확신을 주세요! 이 맑은 날, 저에게 기적 같은 비를 내려주세요!

하숙인들   저희들 소망입니다. 비를 내려 주십시오!

하숙집 여주인과 아들이 나온다.

아들   아가씨, 나는 언제나 나 자신입니다. 비가 올 때나,
오지 않을 때나, 난 그대로 나예요. 내가 날씨에 따라
서 변할 사람 같습니까?

처녀   (고개를 가로저으며) 아뇨!

아들   우리 집안엔 그런 사람이 없어요. 우리 아버지는 훌
륭한 분이시죠. 사람들을 홍수 속에서 구해내셨고,
어머니는 이 하숙집을 평생토록 꾸려오셨어요. 앞
으로 나도 마찬가지죠. 날씨하곤 상관없이 사람들을
위해서 이런 하숙집은 있어야 해요. 아가씨, 이것보
다 더 좋은 일이 있을 것 같아요?

처녀   아뇨!

아들   아가씨, 나하고 결혼해 주세요.

처녀   (여전히 고개를 가로저으며) 아뇨!

아들   우리 결혼해서 함께 이 하숙집을 이어나가요.

처녀   아뇨!

아들   왜 아니라고만 하죠?

처녀   이 맑은 날 비가 오면, 저는 기꺼이 "네"라고 대답하
겠어요.

신사와 청년이 들어온다.

청년 결혼식 준비가 다 되었습니다.

신사 (장군에게) 자네가 보면 놀랄 거네.

청년 예식장은 온통 꽃으로 장식해 놨어요. 그리고 친척, 친구, 축하객들도 모두 오라고 불렀죠.

신사 (부인에게) 이 도시가 생긴 이래 아주 성대한 결혼식이 될 겁니다. 그런데, 한 가지 좀 염려스러운 점이 있다면….

청년 네, 날씨가 좀 염려스럽죠. 뭔가 심상치 않은 구름 하나가 이 도시의 상공을 맴돌고 있거든요.

처녀 구름이요?

청년 네. 그래서 기상청에 문의해 봤습니다.

처녀 (다급하게) 뭐라고 그래요?

청년 염려할 것 없다는군요. 오늘 소나기가 조금 올 거라고 뭐 그 정도랍니다.

하숙인들 (환성을 지른다) 와, 비가 온단다!

청년 아가씨, 나와 함께 결혼식장으로 가실까요?

처녀 (고개를 힘차게 가로저으며) 아뇨!

아들 그럼 우리 결혼할까요?

처녀 (힘차게 고개를 끄덕인다) 네, 하고말고요!

분장사 신랑 신부는 내 앞으로!

아들과 처녀, 두 손을 맞잡고 분장사 앞에 가서 선다. 하숙인들은 박수를 치며 감격적인 환성을 그치지 않는다. 분장사가 조용해주기를 당부한다. 그들은 모두 축복하는 경건한 자세로서 아들과 처녀를 지켜본다.

신사　이거 어떻게 된 건가?

장군　이 맑은 날에 기적 같은 비가 온다네!

분장사　보라, 그대 속에 우리 모두가 들어있도다. 그대의 모습에서 우리의 모습이 보이고, 그대 웃는 얼굴에서 우리의 기쁨이 되살아나는도다. 이제 우리는 아무것도 두려워하지 않노라. 죽음마저도 다시 살아나기 위한 과정일 뿐이로다. 어째 내가 지난번에 했던 말을 반복하고 있군. 각설하고, 핵심만 간단히 말하겠네. 사랑의 기적으로 결혼하는 그대들을 우리 모두 축하하도다! 행복한 가정 이뤄 아들 낳고 딸 낳고, 검은 머리가 파뿌리 될 때까지 오래오래 잘 살지어다!

이 광경을 바라보고 있던 청년, 동생의 손을 잡고 와서 분장사 앞에 선다.

청년　전 이 여자와 결혼하겠습니다.

신사　갑자기 무슨 소리냐?

청년　(동생에게) 아버지가 반대한다고 해서 내가 당신하고 결혼을 포기할 것 같습니까?

동생　　아뇨.

청년　　그럼 나하고 결혼하여 주십시요.

동생　　네. 기꺼이 하고 말구요!

신사　　너 미친 거냐?

청년　　아뇨. 이제야 정신을 찾은 거지요.

분장사　좋소. (청년과 동생에게) 우리는 죽음과 생명이 거듭되는 가운데, 가장 영원한 약속, 결혼하는 그대들을 축복하노라!

비를 주제로 한 음악이 들려온다. 빗방울이 떨어지듯이 그 음악은 시작된다. 두 쌍의 신혼부부, 그리고 하숙집 사람들, 여기에 별도리 없이 축하객이 되어버린 장군과 부인, 신사, 그들 모두가 손을 잡고 둥글게 춤을 춘다. 우산을 받쳐 든 전당포 영감이 하숙인들의 물건들을 가득 담은 큼직한 자루를 둘러메고 들어온다.

전당포영감　비가 내린다네! 자네들, 이 너절한 물건은 다시 전당포에 맡겨놓게!

아들　　자, 우리 모두 비 오는 거리로 나가요!

모두　　(관객들에게) 내가 날씨에 따라 변할 사람 같소? (고개를 흔든다) 아니지, 아냐! 난 안 변해!

모두 함성을 지르며 우산을 펼쳐들고 정문 밖으로 뛰어나간다.
잠시 후, 청년 혼자 무대 옆에서 슬쩍 얼굴을 내민다.

청년   난 변해요, 변해!

청년 앞에 낙뢰가 떨어진다. 천둥이 요란하게 울린다. 청년은
기겁을 하며 무대를 가로질러 달아난다.

−막−

한국 희곡 명작선 161

내가 날씨에 따라 변할 사람 같소?

초판 1쇄 인쇄일 2024년 10월 16일
초판 1쇄 발행일 2024년 10월 25일

지 은 이   이강백
만 든 이   이정옥
만 든 곳   평민사
　　　　　서울시 은평구 수색로 340 〈202호〉
　　　　　전화 : 02) 375-8571 / 팩스 : 02) 375-8573
　　　　　http://blog.naver.com/pyung1976
　　　　　이메일 pyung1976@naver.com
등록번호   25100-2015-000102호
ISBN 　　 978-89-7115-846-3 04800
　　　　　978-89-7115-663-6 (set)
정　　 가   8,500원

이 책은 사단법인 한국극작가협회가 한국문화예술위원회의
2024년 제7차 대한민국 극작엑스포 지원금을 받아 출간하였습니다.

.